creciendo con

MARTA

libros para sentir

everest

*Para Dani y Elena, porque sigan creciendo día a día
y nunca dejen de soñar. Con todo mi cariño —C. M. A.*

A mis hijos, niños, y a los niños, todos —A. C. C.

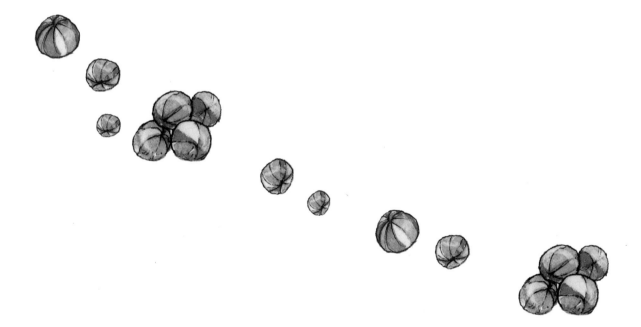

Una tarde en el circo

Sin reglas no se puede jugar

Carmen Martín Anguita

Ilustraciones de Alicia Cañas Cortázar

everest

Presentación de la colección

Los valores, el control de los impulsos, el manejo de las emociones
y de los sentimientos (es decir, todo aquello que nos permite «vivir bien»)
se transmiten por contagio.

La psicología establece que la formación de la estructura moral básica
se construye durante los primeros años de la vida.

Pero esto no se «enseña» a través de un método de transmisión directa
de conocimientos, como pueden ser los conocimientos matemáticos.
Es a través del contacto diario con la familia (o la cuidadora),
y en la escuela, donde se produce este «aprendizaje emocional».

Partiendo de estos presupuestos, la colección CRECIENDO CON MARTA
se lanza con la pretensión de alcanzar los siguientes objetivos:

- Potenciar, con herramientas creativas, el proceso de «desarrollo
  emocional» de los niños.

- Hacerlo mediante la utilización de la fantasía como instrumento
  preferente, ya que el niño no distingue entre la fantasía y la realidad;
  la realidad del niño está instalada en la fantasía.

- Llevarlo a cabo «por contagio», a través de un cuento con numerosas
  interpretaciones basadas en una interacción personal.

- Ayudar a solucionar los conflictos típicos de la infancia, tanto
  en el contexto familiar como escolar, de una forma sugerente, a través
  de los cuentos.

Jesús Blanco García
Psicólogo

Marta y David han pasado la tarde en el circo
con sus abuelos.

Los elefantes se ponían de pie con las trompas levantadas,
después subían en sus pequeños trapecios de colores
y daban vueltas como peonzas.

Había un perro que sabía sumar con sus ladridos.

—¿A ver, Rosty, cuántos huesos suman tres más dos?

Y Rosty daba cinco ladridos.

Los tigres saltaban por los aros. Las focas hacían equilibrios con el hocico y un balón de colores, después aplaudían felices. Su entrenador les daba pescado de premio.

—Lo hemos pasado bien, ¿verdad? —preguntó la abuela Carmen aquella noche, mientras arropaba a David.

—Muy bien —contestó Marta desde la otra cama.

—¡Bieeen! —afirmó al tiempo David con entusiasmo.

—Ahora, a dormir —dijo la abuela.

—No quiero dormir, quiero seguir jugando —añadió David con ojos espabilados.

—Mañana seguiremos jugando —sonrió la abuela Carmen, mientras les daba un beso—. Buenas noches, tesoros —y cerró la puerta.

David se levantó y comenzó a juguetear con el globo del circo, que flotaba atado a su cama con un cordel.

—¿Marta? —preguntó—. ¿Los perros saben sumar?

—Solo los que van al colegio —contestó Marta, que como ya era mayor, sabía muchas cosas.

—¿Y Rosty va al colegio? —volvió a preguntar David.

—Claro, en los circos hay una escuela de animales —le aclaró Marta.

David corrió hacia la caja de los juguetes. Sacó un botón, cuatro tazos y tres coches, y lo dejó todo encima de la colcha. Luego se sentó con las piernas cruzadas y la mirada de circo.

—¿Rosty, cuántas son dos más dos? —preguntó David mirando el botón, que curiosamente había tomado la cara del perro.

David tenía mucho sueño, pero Rosty echó a correr y le siguieron David y los juguetes. Atravesaron un bosque de nubes y llegaron al Gran Circo.

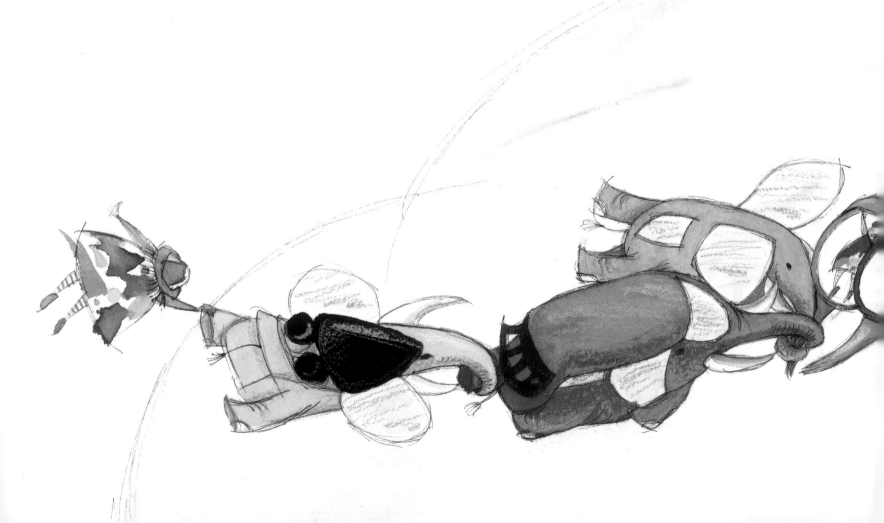

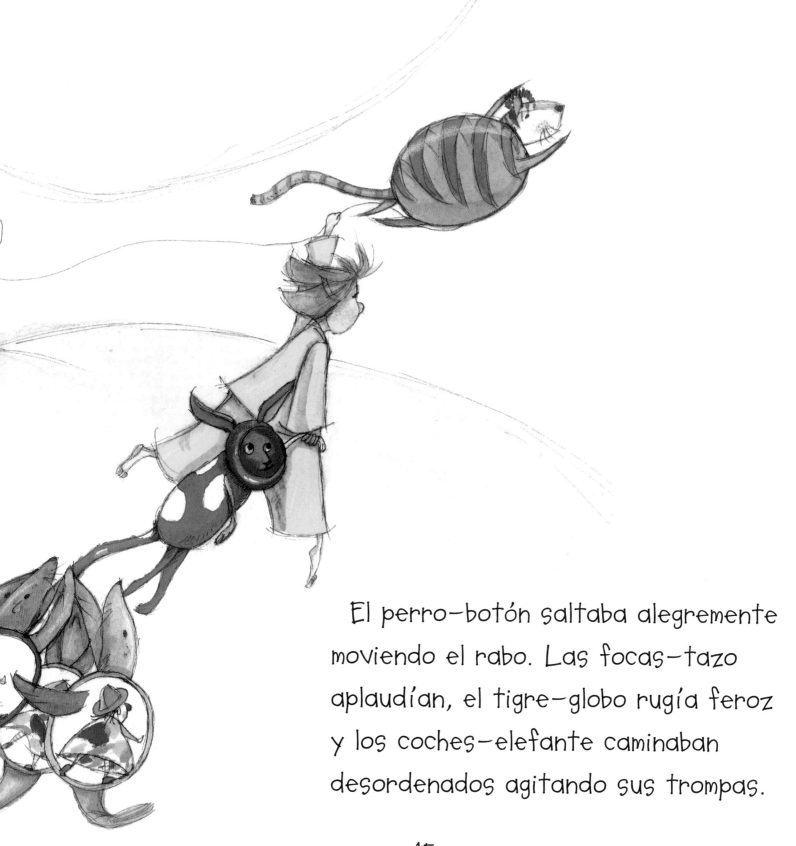

El perro-botón saltaba alegremente
moviendo el rabo. Las focas-tazo
aplaudían, el tigre-globo rugía feroz
y los coches-elefante caminaban
desordenados agitando sus trompas.

15

—Vale que yo soy el domador —dijo David ilusionado, con un látigo en la mano—. Salta por el aro —ordenó el niño al tigre-globo.

Pero el tigre-globo prefería volar.

—¡No vale! —gritaba David enfadado—. Tú tienes que saltar por el aro cuando yo te lo diga.

Pero el tigre-globo siguió sin hacerle caso.

17

David lanzó las pelotas a las focas-tazo.

Pero no le atendían, estaban muy contentas bailando
al son de la música.

—Así no juego —protestó David, enfadado.

—Queremos pescaditos —dijo la foca-tazo más gordita
de todas.

—Sí, sí pescaditos —corearon las demás aplaudiendo.

—¡Así no se juega! —decía David, defraudado, llamando
a su hermana.

Marta apareció.

—¿Qué quieres? —preguntó la niña.

—No saben jugar al circo —se quejó David.

—¡Pues enséñales! —exclamó Marta muy resuelta—.
¿Chicos, vamos a jugar al circo? —preguntó Marta
a los juguetes-animales.

20

—Sí —contestaron todos ilusionados.

—Entonces hay que formar grupos alrededor de la pista —dijo Marta—. Si queremos participar y realizar una función de circo, antes tenemos que aceptar ciertas reglas.

—¿Qué reglas? —preguntó Rosty, que no terminaba de entenderlo.

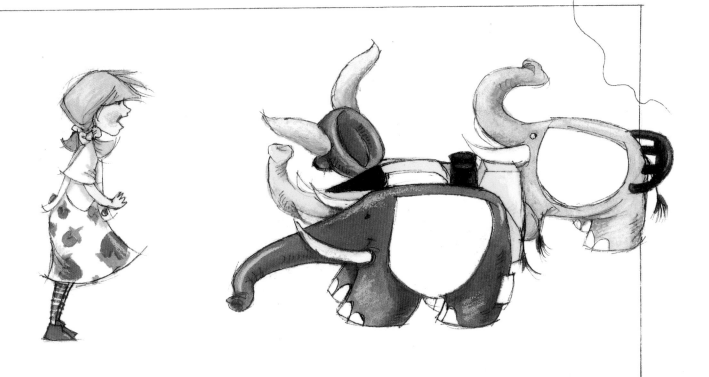

Y David, vestido con un traje rojo de domador, se dirigió al centro de la pista.

Lanzó pelotas de colores a las focas-tazo, y ellas jugaron e hicieron equilibrios.

De premio, David les dio pescaditos.

—¿Rosty, cuántos huesos son dos más dos? —preguntó David.

Rosty lanzó cuatro ladridos y recibió su hueso de regalo.

Los coches-elefante giraban como peonzas subidos
en sus trapecios, y al final saludaron con sus trompas
todos a la vez.

—¡Hay azúcar para todos! —exclamó David,
repartiendo terrones.

Se hizo un silencio en el circo.

—Tigre, salta por el aro —ordenó David, golpeando con el látigo en el suelo.

Y el tigre-globo saltó una y otra vez.

El público se puso en pie entusiasmado.

—Ha sido fantástico —decía Marta.

David sonreía orgulloso sin dejar de saludar, y el tigre se echó a volar haciendo piruetas.

30

—Buenos días, niños. Es hora de levantarse. He hecho chocolate para desayunar.

La abuela miró a David extrañada.

—¿De dónde has sacado ese látigo, David?

—Del circo —dijo David saltando de la cama—. ¿Dónde está el chocolate, abuela?

© 2008 de los textos Carmen Martín Anguita
© 2008 de las ilustraciones Alicia Cañas Cortázar
© 2008 EDITORIAL EVEREST, S. A.
División de Licencias y Libros Singulares
Calle Manuel Tovar, 8
28034 Madrid (España)
Reservados todos los derechos.
ISBN: 978-84-241-5459-2
Depósito legal: LE. 888-2008
Printed in Spain – Impreso en España
Editorial Evergráficas, S. L.

Colección
Creciendo con Marta